CW00864806

Du même auteur chez le même éditeur :

Mon lapin et moi
Un papa, c'est épatant
Ma famille, c'est pas compliqué !
Loin de mon pays
Une vie de sorcière
Mon rêve à moi

*À Amandine, Stéphanie, Anaïs, Damien,
Florence, Héloïse, Guillaume et Aurélie.
Et aussi à Sacha, Lola, Audrey, Bénédicte,
Gabrielle, Anne-Laure, Thomas, François,
Corentin, Fabian, Océane, Anne-Charlotte,
Laurent, Guillaume, Jérémy, Damien, Iradj…*

4e édition : octobre 2014
© 2004 Alice Éditions, Bruxelles.
info@alice-editions.be
www.alice-editions.be
ISBN 2-930182-97-0
EAN 9782930182971
Dépôt légal : D/2004/7641/3
Imprimé à Malte (Union européenne).

Toute reproduction d'un extrait quelconque de ce livre, par quelque procédé
ou sur quelque support que ce soit, est strictement interdite.

La séparation

Pascale Francotte

Cette nuit, je me suis réveillé
et j'ai entendu maman pleurer.
J'ai eu envie de la serrer contre mon cœur.
Mais je n'ai pas bougé.
J'ai pris mon lapin dans mes bras.
J'étais tout triste et tout seul.

Aujourd'hui, j'ai bien aidé maman.
Sa figure était couverte de sourires.
Ses mains, ses mots, étaient pleins de tendresse.
La douceur de maman, c'est du bonheur.

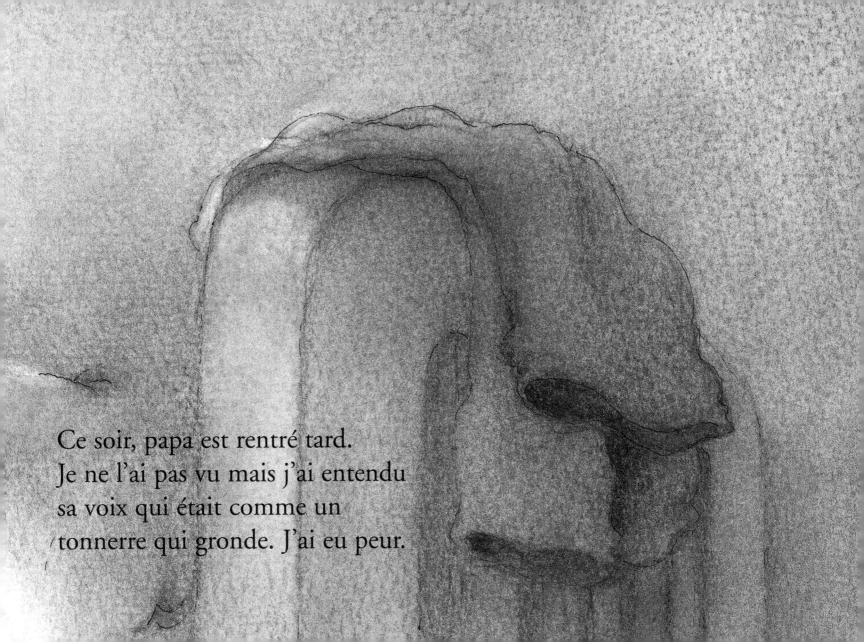

Ce soir, papa est rentré tard.
Je ne l'ai pas vu mais j'ai entendu
sa voix qui était comme un
tonnerre qui gronde. J'ai eu peur.

Quand papa est entré dans ma chambre,
j'ai vite fermé les yeux.
Mais quand il m'a chuchoté
bonne nuit dans l'oreille,
je me suis blotti dans ses bras.
"Papa, tu es là…"
Toi et tes grands bras très forts,
c'est du bonheur.

Jour après jour, les yeux de maman
se gonflaient de pluie…

Et la bouche de papa se resserrait sur des mots brûlants de colère. Les bras de papa pourraient vider le chagrin de maman et les mots de maman éteindre la colère de papa.

Sans paroles et sans tendresse,
les nuages de tempête
ont continué à s'accumuler.
Je suis un rayon de soleil
entre papa et maman.
Sans moi, il n'y aurait plus
d'amour dans la maison.
Plus un mot.
Plus un bruit.

J'ai grandi.
L'orage aussi.
Entre eux.
Mais je suis trop petit
pour les tenir ensemble.

L'orage a éclaté.
Tout a craqué et ça a fait
beaucoup de bruit.
Mais personne
ne me dit rien.
J'ai peur…
Et ma maison ?
Et mon papa ?

Plus tard, papa m'a dit
qu'on est mieux seul que mal accompagné.
Je n'ai pas bien compris…
Ce que je comprends, c'est que maintenant
il y a papa…

Ou maman.

Et moi, je suis une semaine chez papa…

Et une semaine chez maman.

Je suis un bonheur ambulant
entre papa et maman.
"Papa et maman",
ça sonne joli, quand même.

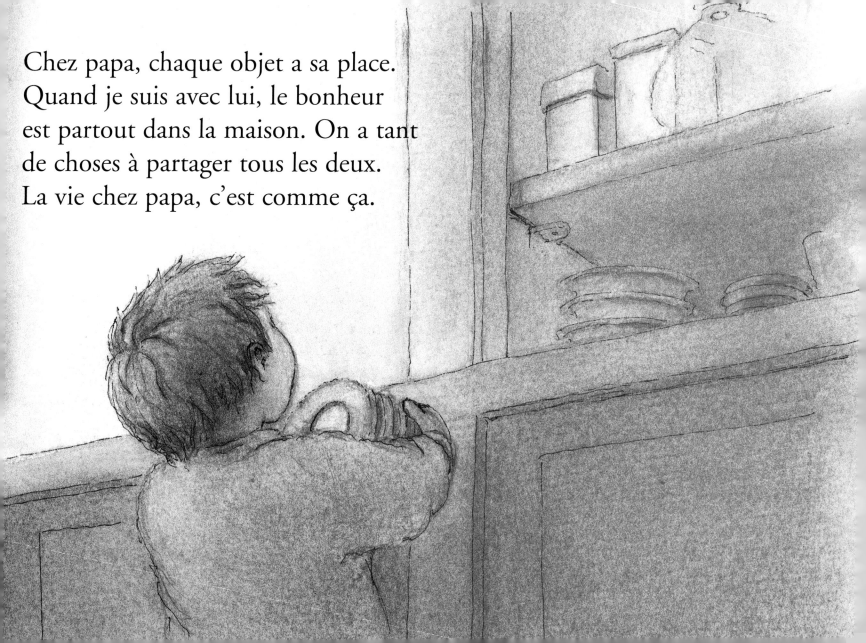

Chez papa, chaque objet a sa place.
Quand je suis avec lui, le bonheur
est partout dans la maison. On a tant
de choses à partager tous les deux.
La vie chez papa, c'est comme ça.

Chez maman, la fantaisie a pris toute la place.
Quand je suis là, l'imagination c'est du bonheur à deux.
La vie chez maman, c'est autrement…

Je suis bien chez papa.
Je suis bien chez maman.
J'ai eu peur de l'orage
mais il a chassé la pluie
des yeux de maman
et le tonnerre de la voix de papa.
Alors, finalement,
c'est mieux pour tous les trois.